KB271359

천치天痴, 시간을 잃은

천치天痴, 시간을 잃은
ⓒ 손용상, 2018

지은이_ 손용상

펴낸이_ 이양훈
펴낸곳_ 도서출판 도훈
        (권선구 입북로 65 / 376-2017-000061)
발행일_ 2018년 3월 15일
사무실_ 서울시 용산구 이태원로15길 14-4
전 화_ 0507-1453-4621, 010-6722-4621
팩 스_ 0504-227-4621
이메일_ flyhun9@naver.com
홈페이지_ dohunbooks.modoo.at

인 쇄_ 미창 프린팩
홈페이지_ www.mcprint.co.kr

ISBN_ 979-11-961587-4-3 03800
정 가_ 10,000원

「이 도서의 국립중앙도서관 출판예정도서목록(CIP)은 서지정보유통지원
시스템홈페이지(http://seoji.nl.go.kr)와 국가자료공동목록시스템(http://
www.nl.go.kr/kolisnet)에서 이용하실 수 있습니다. _CIP2018008240」

천치天痴, 시간을 잃은

손용상 韻文集

좋은 책 만드는
도서출판 도훈

원래 소설 쪽에서 등단했던 내가 명색이 두 번째의 시집을 낸다.

첫 번째였던 '꿈을 담은 사진첩'은 시집이라기보다는 그냥 내 개인적 문집이라 함이 마땅할 것이다. 왜냐하면 그때는 건강이 상하고 난 직후라 왠지 삶이 초조해서 죽기 전에 나랑 내 가족들의 흔적이라도 남겨둘 생각으로, 작품을 제대로 선별하지도 않고 그냥 있는 대로 마구잡이로 만들었기 때문이다. 그래서 종이책보다는 소장한다는 뜻에서 전자책으로 출간했다. 나중 보니 몹시 부끄러웠다. 행여 누가 들춰보기라도 할까 봐 마음이 영 불편했다.

생각다 못해 다시 韻文에 손을 댔다. 누가 제대로 읽어주려나 걱정도 들었지만, 다행히 내 시와 시조들이 재외동포재단과 국내 두어 개 계간잡지에서 현상 공모에서 어쩌다 우수작으로 선정되는 바람에 그나마 용기를 가지게 되었다.

소심한 탓일 것이다. 보통 글 쓰는 사람들은 散文이나

韻文이나 겁(?)도 없이 달려드는데... 그래도 뭔가 검증이 없으면 시쳇말로 '쪽' 팔릴 일이 생기지 않을까 싶어 많이 망설였다.

어쨌건, 시집을 한 권 더 낸다. 시집이라고 하기보다는 다시 '손용상 운문집韻文集'으로 명명命名했다. 그동안 나름대로 끼적였던 한 100여 편 중에서 자유시와 시조 60여 편을 골랐다. 그리고 이미 경지에 든 윤석산 시인께 감수(?)를 청하고 외람되게 내 작품에 대한 가감 없는 품평까지도 부탁했다. 속으로는 어떨지 모르지만, 흔쾌히 내 부탁을 들어주었다. 감사할 따름이다. 아울러 서울과 포항의 잊지 못할 벗들과 내 가족들에게 이 시집을 바친다. 출판을 도와주신 〈도서출판 도훈〉 대표께 깊이 감사드린다.

2018년 2월
손 용 상 拜上.

천치天痴, 시간을 잃은

차례

책머리에

제 I 부 자유시

1장
시비詩碑 앞에서

나의 詩碑 앞에서

혼이 肉身을 떠나면
이제 갈 데는 여기가 될 것이다

일 년에 몇 번 아이들이 와주면
아내와 함께 나는 얼마나 반가울까

딸애가 혹 몸이라도 야위었다면
나는 그녀의 뺨을 살그머니 한 번
쓰다듬어 볼 것이고
또 손주들에겐 '한 번 안아 보자'고
속삭일 것이다

아이들이 떠난 후 혼자 쓸쓸한
밤이면
훌쩍 옛 집으로 날아가
서재의 책들도 한 번 읽어보면서

제 어미 몰래
칭얼대는 손주 녀석 고사리 손 꼭 잡아
소곤소곤 옛 이야기도 들려주고 싶고

소리 없이 날아 가
마당에서 흔들리는 나무 가지 위
새집 속 알들이 떨어지지 않도록
가만히 잡아줄 것이다.

그래도 잠을 못 이루면
신발 찾아 신고 구천(九泉)으로 달려가
한참 전에 먼저 가신 어머니를 만나볼
것이다

둥지

1

혼魂이 육신肉身을 떠나면
저승 촌村 내 삽짝 문은 늘 열어 놓을 것이다
이제 오갈 데는 여기가 될 터이니까.

일 년에 몇 번 아이들이 와주면
아내와 함께 나는 얼마나 반가울까

딸애가 혹 몸이라도 야위었다면
나는 아이의 뺨을 살금 한 번 쓰다듬어 볼 것이고
또 손주들에겐 한번 안아 보자고 속삭이며
제 어미 몰래
칭얼대는 손주 녀석들 고사리손 꼭 잡아
소곤소곤 옛이야기도 들려줄 것이다

아이들이 떠난 후

다시 또 혼자가 되면
나는 훌쩍 옛집으로 날아가
서재의 고전들도 한 번씩 훑어보면서
혼자서 중얼대며 무릎을 칠 것이다

2

혼魂이 육신肉身을 떠나면
나는 늘 저승 촌 내 삽짝 문을 늘 열어 놓고
바깥을 살필 것이다.

바람이 불면
토담 가에서 흔들리는
나뭇가지 위
새집 속 알들이 떨어지지 않도록
소리 없이 날아가 잡아줄 것이다.

그래도 잠을 못 이루면

신발 끈 동여매고 구천九泉으로 달려가

한참 전에 먼저 가신 엄니 만나려

접었던 날개를 다시 펼칠 것이다

혼魂이 육신肉身을 떠나면

저승 촌村 내 삽짝 문은 활짝 열어 놓을 것이다.

정情든 이들 놀러 와 함께 노닐 수 있도록

언제 건 열려있을 것이다.

<내 둥지를 정하고>

망향望鄉. 1

1

어둠이 깔리고
유리창에 점점點點한 도시의 불빛 흩뿌려지면
나는 불현듯
자빠진 캔버스를 바로 세우고
도화지 한 장을 끼워 넣는다

눈을 감으면
아슴푸레 떠오른다 잃어버린 유년의 기억들
붓 대롱 지나 붓끝을 거치고
마치 단원의 그림처럼 되살아난다

2

들 복판에 우뚝 선 아름드리 정자나무
아지매들 이고 온 중참 광주리
보자기를 젖히면
노릿한 쌈 된장에 싱싱한 풋고추

정자 그늘에 둘러앉은
터질 듯 탱글탱글 구릿빛 종다리들
탁배기 한 사발에
아재비들 육자배기 들판으로 퍼진다

3
도랑 치던 아이놈들
이리 기웃 저리 기웃
옜다 여깄다!
차마 내치지 못하는 아지매들 인정이라
부침개 한 조각에
아이들 목젖이 다 꿀럭 꿀럭

멍멍멍
함께 따라 온 바둑이
꼬랑지 흔드는 실바람에

도랑 둑 풀 이파리들이
비늘처럼 번득인다

4
밤이 더 깊어
창밖 어둠이 거울로 변하면
별처럼 꿈처럼 떠오르는
아지매 아재비 얼굴들
고향 집 큰 마루에선
날 부르는 어머니 목소리
아그야, 어여 와 저녁 묵어라~

나는 붓을 던지고
그날의 해거름 들녘이 그리워
문득
뜨거워진 눈시울을 훔친다.

망향望鄉. 2

1

해지는 들녘
어스름 땅거미 깔리면
담뱃대 문 동네 어르신
삼삼오오 모이던 정자亭子 마루
옛 얘기 전설에
깔린 돗자리가 들썩거린다

2

막걸리 한 사발에
들판 질펀히 육자배기 퍼지고
그늘에 둘러앉은
아재비들 입맛 다시는 소리
저녁나절 휘둘렀던
타작마당 도리께 소리만치 요란타

3

들 바람 쏴아 샤
움머이~ 엄마 찾는 송아지 울음
밤이 늦어지고
들녘에 어둠이 짙어지면
별처럼 꿈처럼 떠오르는
그리운 얼굴
보고 싶은 모습들.

축제일 소묘素描

좋구나! 꽃 잔치는

하늘 밑

갈매 동산에 펼쳐진 꽃 잔치는

별뛔것 별뛔것 다 있어 좋구나

더러는

오래된 얼굴들도

만날 수 있고

군데군데 눈부신 언어들이 춤추는

연인들의 입맞춤이 부러워서 좋구나

문득

햇살 헤집는 시인詩人 한 사람 만나면

잃었던 세월 찾아 새로이 추억하는

읊조림도 애틋하구나

석양이 되면

사람들은 술 한 모금 들이켠 채

갈매 언덕 물가에 다시금 모여 앉고
먼데
만萬이랑 일렁이는 물결 따라
어쩌면
두고 온 고향 소식이라도 배편에 날라 올까
꿈꾸는 얼굴들이 아련하구나

아아 세월이 아쉬운
축제의 날
하늘 밑 갈매 동산에 차려진 꽃 잔치
별뮈것 별뮈것 다 있어 좋구나

한 가슴 온통 그리움만 그득 하구나.

천사여, 고향을 보라
– 수구초심首丘初心

누구든지 쉼터가 그리워지면
가진 것 모두 다
털어 버려라

서러움 외로움일랑 함께 싸안고
고향 마을 화장터
징 소리 찾아가거라

북향화北向花* 꽃 한 송이
머리에 꽂고
꽃 이파리 입에 물고 찾아가거라

지잉~ 징
징 소리 퍼질 때마다
훠얼~훨 타오르는 불꽃

한줄기 연기되어
청천靑天에 떠오르는 혼백魂魄들이여!

흙 한 손, 풀 한 포기만 가슴에 담고
입에 문 자목련 꽃잎들일랑
구천九泉 가는 하늘길에 날려버려라

누구든지 삶이 힘들어지면
북향화 꽃 한 송이 머리에 꽂고
고향 마을 화장터
징 소리 찾아가거라.

* 北向花 : 목련꽃의 별칭

윤회輪廻
– 소이부답심적한笑而不答心積恨*

세상 한 바퀴 휘돌다

어쩌다

구천九泉 가는 길목에서 염라국閻羅國 서기를 만났다

한恨이 많구나! 가서 한 풀고 다시 오거라

나는 말 없이 웃었다

건방지구나!

이놈, 바로 돌려보내라

저승사자 발길 따라

어딘지로 날려간 그곳, 심산유곡深山幽谷

아비 어미가 누군지

그냥 암 것도 모른 채

다시 그 속에서 열 달을 지냈다

하지만 어떠랴

왕후장상인지, 도적놈 강도인지

흙수저 은수저 금수저인지
민들레 꽃씨처럼
아무 데나 날려 온 주제에
그 아비가 누군들 알면 뭐하랴!

어쩌다 한줄기 연기되어
구천 가던 길목에서
다시 한 순배 돌아
새로이 태어날 또 다른 번뇌煩惱
그런들 풀어질까?

나는 깜깜 어둠 속에서
보살菩薩처럼 혼자서 소리 없이 웃었다.

* 원문 : 소이부답심자한笑而不答心自閑

2장

나의 고백告白

홍시

감은
익지 않았을 때는
맛이 떫다

어떨 땐
터지고 뭉개져
까치밥도 못되지만
그래도
익으면 달다

잘 익히면 홍시가 되고
곱게 깎아 말리면
곶감도 된다

나도 젊었을 때는
많이 떫었다

홍시도 꿈꾸고
곶감도 되고 싶었지만
문득 돌아보니
아직도 그냥 땡감이었다.

맨드라미

어느 날
나는 문득
자네를 보면 두렵다

뙤약볕 뜨거운 여름 한 철
한산한 시골 역 꽃밭 속에서
자네는 불꽃처럼 타오르며 서 있었다
마치
변치 않게, 변치 말자는 듯
철길 너머 먼 하늘만 바라보고 있었다

누군가 자네를
시들지 않는 사랑이라 했던가

그렇게 뜨거운 여름 오후
그리움으로 가슴 태우며 기다려 보지만
떠나버린 사람은 오지 않는다

어느덧

가을 문턱 들어서며 자네,

가슴 속 불덩어리

그냥 피멍으로 간직한 채

말없이 조용히 눈을 감는가

어느 날

나는 문득

자네를 떠올리면 무섭다.

나의 고백告白. 1
- 사기꾼 소년

성당 마당엔 애란(아일랜드) 신부님 혼자 서 계셨다
마침 내가 나타나자 그분이 손짓해 불렀다

'가서 탁구 배터와 공 한 세트만 사다 주세요.'

신부님은 아마 내 얼굴을 아시니 그랬을 것이다
그러나 나는 그 돈을 길거리 오곱 야바위꾼에게 홀랑
털리고 신부님께 돈을 잃었다고 거짓말을 했다.

날 기다리던 신부님! 얼마나 황당했을까
그러고도 나는 모른 척 성당을 나갔고
그 신부님을 뵙고 고해성사를 했었다

50년 전의 일이었지만
지금도 나는
그때의 야바위꾼과 비슷했던 내 모습을 잊지 못한다

신부님. 내 죄를 용서해주십시오!

지금 백번을 뉘우친들 그 시절의 소년은
아직 보속補贖을 받지 못했다.

* 오곱 야바위꾼 : 주사위를 종지에 넣고 탁자에 굴리며 돈 놓고 돈 먹
기 하는 사기꾼을 일컬음.

나의 고백告白. 2
– 인과응보因果應報

점심시간 교실은 어수선했다
미리 반쯤 까먹은 도시락을 바로 해치우고
물 마시러 나가다가 만년필을 슬쩍 했다
동료의 책상 위에 얹혔던 파일럿만년필이었다

자리에 돌아와 동료를 보니 책상 아래위를 샅샅이
뒤지고 있었다
나는 모른 척 바깥으로 나와 나쁜 선배와 함께
땡땡이를 쳤다
그리곤 노점상에다 만년필을 팔아서 빵을 배 터지도록
사 먹었다

그날 종례시간에 담임선생님이 물었다
'전부 눈 감고 길동이 만년필 가져간 놈 손들어라.
자수하면 용서하고 안 하면 50년 후 벌 받을 것이다'
나도 눈을 감았지만, 아무도 손들 일이 없었다

졸업 50주년 행사에 다녀온 동창에게 물어보니
그 선생님은 돌아가셨고, 만년필 주인은 아직도
살아있다고 했다

동창이 웃으며 말했다.
그 친구 알고 있어, 자네가 범인인걸!'
관자놀이에 소름이 돋았고
새삼 용서를 구하고자 했으나 선 듯 용기가 없었다
아아,
그 시절 장난같이 저지른 도적질 때문인지
나는 실제 50년 후
몸이 천형天刑이 되는 벌을 받았다.

아이고, 부처님!

더불어 산다는 것

가을 속에서
실과實果가 익어가고
가을 속으로
영글었다 사라지는 것들을 본다

어제와 오늘의 일상에서
혼자 사는 것과
더불어 산다는 것을
생각해 본다

찡그리기보다는
좀 더 자주
그리고 좀 더 많이
웃음을 베풀지 못한 것을 후회한다

내가 한때
그 자리에서 살았음으로써

단 한 사람의 이웃에게라도
밝은 미소에 인색했던 것이
비로소 이제
가을이 끝나갈 즈음에야
아픔으로 다가온다.

만추晩秋

하 답답해 테라스에 나와 앉았다.
햇빛은 밝았지만
서리 내린 찬바람 코끝에 차다.
어디서 왔는지
늙은 길고양이 한 마리
사뿐, 곁으로 다가선다

빤히 바라보는 눈망울
마치 뭔가 꿈꾸다 깬 것처럼 흔들린다

몇 살이냐? 냐웅!
배고프냐? 냐웅!
춥냐? 냐웅!
색시 그립냐? 냐웅!

찾아본들,
먹여줄 것이 없다

덮어줄 것도 없다
짝을 찾아주긴 더욱이 어렵다

너 혼자 해결해야 해
냐웅!
그는 다 알아들은 것처럼
구부정한 허리를 쭉 펴 보였지만
그 모습은 그냥…

공연히
슬프게 만 보이는 늦가을의 저녁나절.

겨울 찻집

문득, 창밖을 본다
하늘엔
이파리 다 떨어진 나뭇가지만 걸려있다
앙상한 몰골이 처연하다.

유리창에 비친 내 얼굴

폭 패인 볼, 눈만 퀭하다
머리칼 다 빠지고
눈가 주름만 무성하다
귀밑에 몇 올 흰머리만 남았다
낯선 얼굴
빌려온 사람 같다.

그런들…
이파리 다 떨어지고
머리카락 다 빠지고

낯설고 처연한들
그러니 어쩔 것이여
세월의 상흔傷痕인걸!

겨울이든 황혼이든
그래도 내 숨 쉬는 동안
마음만은 따듯해지고 싶다.

휴머니즘?
- 골프장에서

문득 눈에 들 온 풀꽃 한 송이
내가 친 공 앞에서 오종종히 떨고 있다.
그녀는 내 눈치를 살피며
잔디밭 잡초 속에서 숨을 죽였다
가만 들여다보니
오밀조밀 있을 건 다 있는 여린 새싹!
흔들리는 대궁이 불안해 보였다

갑자기
잔디가 잡초인지
잡초가 잔디인지
분간이 안 갔다

칠까, 말까…
결국 공을 옮겼다

왜? 동료가 물었다

풀꽃 죽일까 봐. … 그가 픽 웃었다
휴머니즘? 돈으로 때워라!

덕분에 벌점을 받고
돈을 수십 불 잃었다
억울하진 않았지만
난 그 이후로 공이 맞지 않았다. *

* 생전 못 느끼다가 어느 날 문득 골프장 잔디 속에서 본 풀꽃 몇 송이…
그 가녀린 대궁이가 떨고 있었다. 내 크럽이 공을 치면 그녀들은 스러
진다. 공을 옮기자 친구가 물었다. 왜? 풀꽃 다칠까 봐… 친구가 픽 웃었
다. 휴머니즘? 돈으로 때워라… 난 그 이후로 공이 맞지 않았다. 내 모습
이 성하던 오래 전의 일이다.

3장

시간時間의 춤

시간의 춤.1
– 아내를 위한 서시序詩

가을
색 바랜 낙엽 소리 없이 떨어지고
길가에 흐드러진 코스모스는
여전히 흔들리는 슬픔이다

다시는 일어설 수 없었던 그 날
내 모습 낙엽 되던 그 날
그날도 가을이었다

가로수 이파리 눈 비비듯
그녀의 슬픈 동공이
병실 모퉁이
어딘가에 걸려 있었다

다시 가을
나 그대와 손잡고 동행하고 싶다
초침으로 헤아리는 여생이지만

이제라도 함께
어깨 부비며 나란히 걷고 싶다

무심코 살다가
꼭 가을이 되어서야 깨닫는 나는
아아,
시간을 잃었던 천치天痴다.

시간의 춤. 2

저만큼 허공에서
잠자리 한 마리
시간의 선線 위에 머물러 있다

사부작사부작
가끔 소리 없이 흔들리는 나래 짓

시간을 거르며
슈만이 아이들의 어깨를 타고
꿈을 일깨운다

창 바깥 숲길은
환상의 나라가 되고
트로이메라이 선율 따라
아가들은
날개 달린 천사가 된다

창공엔 꽃무릇 같은 깃털 구름
지나간 시간 새삼 내게로 다가와
나는
무엇보다 귀한 손주들과 함께
다시 한 번
날개를 퍼덕이려 한다

너…
아직도 천사가 되고 싶은가.

시간의 춤. 3

– 노년老年

노년老年의 황혼은

모두가

놓치고 싶지 않은 추억뿐이다

그리움 다해 붙잡았던 사랑의 순간도

사랑에 눈멀었던 욕망의 시간도

그러나 이젠 꿈이다

그건 곧 사라질 노을이었다

잠시 가던 길 멈추고

뒤 돌아본다

낡은 지갑 펴내 펼치면

번듯한 명함 하나 없고

그저 내세울 건

잔돈푼 굴러다니는 데빗 카드 두어 개,

그리고 버티며 살아온 오기傲氣뿐이다

비록

빈 지갑 속엔 찬바람 돌지만

그래도 후회는 없다

무심코 살다가

불현듯 깨닫는 시간의 춤!

온 길 모르듯

갈 길도 어느 만큼이 끝인지 알 수가 없다

아아

얼마나 버텨야 할까

나도 잘 모르겠다.

시간의 춤. 4
- 빛바랜 사진첩

추억은

들여다보는 것이라 합니다

빛바랜 사진첩

여러 번을 꺼내보아도

수없이 매만져 손때가 묻어도

추억은

늘 똑같이 정겹습니다

똑같다는 것은

감정이 변치 않았다는 것

가끔은

꺼내보고 싶지 않은 것도 있지만

그래도 추억은

잘 지워지지 않습니다

추억은

늦은 밤 조용히
시간을 타고
홀로 다가옵니다.

누이의 ‘당새기’

내 누이의 당새기에는
별것 별것이 다 있었다.

엄마가 마름질하다 남은
형형색색 자투리 헝겊
뜨개질하다 남은 색실 꾸러미
작은 거울
알몸의 플라스틱 인형 등등
온갖 꿈이 다 담겨 있었다

누이의 당새기는
마치 마법의 성城 창고 같았다

누이는
그 헝겊 쪼가리로 매듭을 묶어
머리 리본을 만들기도 했고
인형에게 옷을 만들어 입히기도 했다

그리고
거울로 인형을 비추며
혼자서 뭔가 대화를 나누기도 했다

그럴 땐
우리 집 대청은 무대였고
쪽 거울은 소품
원색 헝겊에 색실을 묶어 옷을 입힌
인형과 누이는 감독 겸 배우
그리고 나는 관객이었다
누이는 그렇게
천생 타고난 배우였다

어느 날
TV에 비친 누이를 보며
문득 돌아보니
누이 나이가 벌써 일흔이 넘었다

남매는 아직

그 시절 유년의 마음인데

늙음이 천리天理임을 모르지 않건만

해가 바뀔 때마다

왠지 조급해지는 서글픔은 왜일까

누이와 내가

그 시절 육간대청에서처럼

아아, 다시금

마법의 당새기를 뒤적이며

인형극을 해볼 날이 있을까.

* 당새기 : 소형 상자를 일컫는 경상도 방언

나는 매일 내 주검을 본다

1
나는 매일 내 주검을 본다
시도 때도 없이

길을 걷다가
차를 마시다가
운전을 하면서도
사방에 널브러져 누워있는
내 주검을 본다.

계단을 오르며
아파트의 현관을 따며
텅 빈 거실 한쪽에 모여
장난스럽게 자글거리는
현란한 햇살들을 응시하다가도
나는 문득
그 곁에 누워있는 내 주검을 본다.

2
나는 매일 내 주검을 본다
낮이건 밤이건

책을 읽다가
TV를 보다가
발등을 타고 오르는 손주를 어르다가도

나는 왠지 서러워지며
소파 옆에 좌불座佛처럼 굳어있는
나의 주검을 본다.

어떻게 할까?
이렇게 삶이 소리 없이 스러지면
읽고 싶은 책들은 어찌할까
고사리손으로
할아비 얼굴을 간지럽히는
손주들 보고 싶어 또 어떻게 할까.

3

나는 매일
내 주검을 본다
동·서·남·북도 없이

잠을 자거나
명상을 하거나
어쩌다 나와 눈이 마주치면
가끔씩 혀를 차는 아내를 바라보다가
나는 깜짝
내 주검을 느낀다.

아아, 이렇게 떠나면
서럽거나 정겹거나
망막에 남아있는 하 많은 사연은 다 어쩌나

낙엽 됨이 서러워

쉼 없이 고시랑 거리는
창밖의
저 금빛 이파리들에게는
이제 또 뭐라고 일러주나?

4
나는 매일
내 주검을 본다

시도 때도 없이
낮과 밤도 없이
동·서·남·북도 없는 곳에서
나는
민들레꽃 씨앗처럼
영혼을 풀풀 날리며
내 주검의 주위를 맴돈다

누군가

빈 육신을 에워싸며

오열을 삼키는 모습을 지켜보다가

비로소 나는

지금껏 삭이지 못했던

지난 세월의

맺혔던 한恨의 빗장을 푼다.

* 어느 날 창밖을 내다보다가 정말 귀신에 홀린 듯 문득 나무 밑에 기
대앉은 내 주검이 보이는 착시 현상이 있었습니다. 순간적으로 억울하
기도 하고 서럽기도 했던 느낌을 끼적여본 넋두리였는데, 왠지 갈 때가
되었나 싱거운 생각도 들었습니다.

다시 일어나면 되잖아

길을 걷다가
좀 넘어지면 어때
다시 일어나면 되잖아

무릎 까지고 발 삐끗 아픈 건
바로 살아있다는 것이야

그리고 혹 자빠졌을 땐
그냥 잠깐 누워서 하늘을 봐
그곳은 넓고 푸르고
구름이 꿈처럼 흘러가

느끼며 바라볼 수 있다면
또한 살아있다는 증거야

어느 날
갑자기 사지四肢 뒤틀리고

입도 비틀어지고
목이 잠겨 말이 새 나오지 않을 땐
슬퍼하지만 말고
그냥 가슴에 손을 얹어 봐

쿵닥쿵닥
심장박동 소리가 들리면
그 또한 숨 쉬고 있다는 기쁨이야

힘들게 생각하지 마
어느 날 길을 걷다 좀 넘어지면 어때
조용히 기도하고
다시 일어나면 되잖아.

등대燈臺

당신은
문득 모나리자다
삶에 지쳐
어둠 속을 헤매며 방황이 깊을 때
당신은 늘
엄마 냄새를 데불고 온다

당신은
때로는 로댕의 조각이다
꿈 못 이뤄 좌절하고
마음이 엉클어져 있을 때
고통을 함께 하며
말없이 희망을 준다

당신은
미륵상彌勒像이다
고독이 두려워

바다에서 몸부림칠 때
문득
자애로운 눈빛으로 다가온다

당신은
다빈치의 모나리자며
로댕의 조각이며
부처님 세계의 미륵상이다

당신은 늘
고뇌하는 자에게 밝은 빛으로 다가와
상傷진 흔적을 싸매어 준다

등대여!

해무海舞

1

만萬이랑 출렁임은
고고呱呱의 함성이다

뭍을 향해 백상어처럼 날뛰며
그토록 유쾌하던 파도여
다랑어처럼 싱싱하던
만이랑 물굽이여
하늘 맞닿는 수평 끝까지
그리운 이들과 함께했던 사연들이여

등대 빛 타고 넘어 고향 넘나들며
시집간 딸과 딸의 새끼들도 만나보고
옛 동무 찾아 술독도 풀어보고
노래도 불렀고 춤도 추었다

그리고 어제는

구천九泉의 엄니도 만나고
파피puppy 같은 손주들과
꿈을 찍은 사진첩도 만들어 보았다
헌데… 어인 일인가? 오늘은

2
만萬이랑 출렁임은
몸부림이다

폭풍이 일고 번개가 치고
먹구름 비바람은
해일海溢 되어 용트림으로 솟구친다.
해를 향해 물을 박차며
힘차게 터져 오르던 물보라들은
그대 젊은 날
메마른 오후를 적시던
절규이었나

좀 전까지 퍼렇게 소리치며
좀 전까지도 살아 움직이던
그 푸르던 날의 추억들
어찌 오늘은
해변에서 허연 뼈로 드러나
마침내 모래톱의 포말泡沫로 스러지는가.

3
만萬이랑 출렁임은
마지막인데도
마지막을 생각하지 않는 힘이다

아아, 그대여
혹여나 승천昇天을 위한 몸부림이라면
조용히 눈을 감아라
스러지다 숨지는 황혼의 길목엘랑

추억 사진첩 내려놓고
한限 서린 옛 얘기는 모두 잊어라

억울해, 억울해서
꺼져가는 등대 빛이 그리 서러워
그나마 네 가슴에 새겨 두려면
그냥 딱
시詩 한 줄만 남겨두어라

'북망北邙산자락은
달 밝은 미풍微風의 조용한 묻길이 좋다'고.

미륵반가사유상彌勒半跏思惟像

당신은
고뇌하는 자에게 침묵으로 답 한다

삶에 지쳐
어둠 속에서 방황할 때
상처 입고 좌절하고
고독 두려워
웅크리고 있을 때

당신은 그냥
엷은 미소로 아픔을 달랜다

당신은 늘
시時와 공간空間 타고 넘고
웃는 것도 우는 것도 아닌 채
고통 받는 중생을 위해
깊은 자비慈悲의 눈빛으로 답 한다

합장合掌.

4장

세월 난간欄干에서

'조신의 꿈'

세상 일 즐거워 한가롭더니 / 고운 얼굴 남몰래 늙어졌다네
서산에 해지기를 기다리느냐 / 인생이 꿈같음을 깨달았느냐
가을 날 하룻밤 꿈 한 자락에 /너 어찌 하늘에 이르려 하나

– 삼국유사에서

춘몽春夢

길을 걷다
문득 낯설지 않은 느낌의 골목이 보여
눈길을 돌린다

이른 아침
성당 가시는 어머니 모습이 보이고
가끔
스쳐 지나가는 이웃 아낙들의 눈인사
마켓을 다녀오는 아내의 장바구니에
두부 한 모
계란 한 줄
파 한 단이 꽂혀있다

햇살이 들면
학교 가는 아이들의 재잘거림
봄새 소리 같아 저절로 떠오른 미소

하지만

이역만리 떠돌다 홀연 꿈속에 보이는

그 길 속엔

유독 나만이 보이지 않는다.

데쓰 벨리
– 죽음의 계곡 기행紀行

태초의 숨겨진 말들이

켜켜이 침묵으로 쌓였다

돌소금처럼 진하게

화석으로 굳어져 버린

그리움

그리고 사랑

가끔

시인 한 사람씩 다녀가면

조금 조금씩 뱉어놓는

태양과

바람과

모래의 전설들

아아, 갇힌 세월이 아쉽지만

그러나

쉿!

입 다물자

혹

억년 정적 깨질라.

코스모스

코스모스는 어쩌면
모딜리아니의 여인을 떠올리게 한다.

우아하고 우수가 깃든
목이 긴 여인
약간 갸웃한 모습이
괜스레 처연해 보이지만

바람과의 순수한 교합
몸부림의 관능과
그 절묘한 어우러짐

아아, 숨이 막힌다

하지만 작은 바람에도
흔들릴 수밖에 없는 여린 영혼은
가끔은

세상을 똑바로 바라볼 수가 없다
마치
아메데오 모딜리아니의
눈동자 없는 여인처럼

보기엔 곧 쓰러질 것 같은데
그리 쉽게
꺾어지지 않는

코스모스, 그대여!

* 우연히 창녀 주제의 옛 영화 한 편을 보다가 문득 바람 부는 가을 둔
덕의 코스모스를 떠올렸다. 영화의 주인공처럼 세상은, 바람은 잠시도
그녀들을 쉬게 하지 않았다. 가엾게도 스리…

옷 수선집 아저씨

발틀의 페달을 밟으며
하필이면
목월木月을 떠올리다

그는
구름에 달 가듯
남도 삼 백 리를 걸었고

나는 그냥
덜 덜 덜
발목만 움직이며 세월을 돌린다

목월木月의 길목에는
술 익는 마을이 있었지만
나의 세월 속엔
길고 짧은 삶의 흔적

꿰맸거나 뜯었거나
바늘 자국만 선명하다
어쩌다 혹
아물지 않는 상처 건드리면
새삼, 아픔 도질까 두려워

날마다
그 지워지지 않는 얼룩들만
살금살금 씩
어루만지고 산다.

하오의 공원公園

가을 뜨락엔

소리 없이 다가와

실바람이 나대고

나풀

맴돌아 떨어지는 낙엽

가녀린 흔들림

웃음인지

슬픔인지

떠난 여인을 닮았다

아직 남겨진 여생餘生

나란히

오래오래

그대와 함께 흔들리며 걷고 싶은

하오의 공원公園.

바람

바람이 인다

그녀는 문득
잊혀 진 고향 냄새
동무들 숨소리도 데불고 온다.

그리움의 소리다

아,
그러고 보니
그리움도 바람[希]이었다.

길고양이

길괭이는 겁이 없다
테라스 위에서 바라보면
녀석은 가끔
나무를 타고 멋대로 논다

가지에 매달리기도 하고
낙수 홈통을 타고 기어오르기도 한다.
남이 조마조마한지도 모르고

사람들이 쳐다보면
눈길을 끌어볼까
칭찬을 받고 싶어서일까

어디 얘만 그럴까

어린 시절
혹 사람들 틈에 끼면

공연히 시집을 펼치거나
어설프게 휘파람을 날리거나 했다
평소 하지 않던 짓 하다가
스스로 멋쩍어지던 기억
허나
나이테가 굵어지면 부끄럽다

오늘 다시 본 괭이 놈
이제 철이 든 것일까
어쩐지 눈치만 살피고 있다

전처럼 겁 없이 재주를 부리지 않는다.

연못

공원을 걷다가
연못 가 벤치에 앉았다

심심했다
혹 잉어라도 한 마리 떠오를까
먹던 땅콩 한 알 그에게 던졌다

깜짝이야
연못이 빙그레 웃었다

왜 웃냐?
괜히 화가 났다
이번엔 작은 돌멩이를 던졌다
그래도 그는 그냥 웃기만 했다

연못은
왜
괴롭혀도 웃음이 나올까.

'그 꽃'

산책길 벤치에서
지팡이가 자빠졌다.

지팡이 줍느라 허리 굽힌 잔디밭 속
작은 꽃 하나
오종종히
꽃술이 떨고 있다
고은의 '그 꽃'과 다름이 없다
그이의 그것은 '순간의 꽃'이었지만
나의 그것은 외로움

매일 지나쳐도 못 보았던
그 꽃
잔디가 깊어서였나

늘 혼자였던 외로움
이제 와 새삼
새로이 다가올까.

야자수椰子樹를 바라보며

꿈이 창공으로 뻗는다
그래서 이파리가
그리 도도하게 푸른가

곧게 솟은 가지는
드센 해풍, 거센 파도에도
부러지지 않는다
뙤약볕 뜨거움에도 목말라하지 않는다.

누구도 어쩌지 못하는
자존自存의 실체
하지만
너울대는 춤사위 몸짓 하나하나가
못 견디게 못 견디게
잃은 사랑을 갈망한다.

아득한 수평선 바라보며
그리움 키우듯 꿈꾸는 너
야자나무여!

무제無題

― 오레곤 숲길에서

눈 아래 만산萬山이 푸르다
바다 닮은 하늘
노을 맞닿아 아득하고
수해樹海 위 떠도는 구름 한 점
천지를 둘러봐도 머물 곳이 없다

외롭다

습기 머금은 바람 한 자락
어둔 숲 휘돌아
빈 가슴 뚫는다
그러나
허虛한 가슴 채워진들
숲이 변할까,
세상이 변하겠나

밟히는 낙엽은
바람을 탓하지 않는다
아아, 삶이 서럽다.

비 갠 날의 하오下午

비 그친 날
테라스에 나갔다

아파트 잔디밭에서
히스패닉 두 명이 씨를 뿌리고 있었다
뭐하냐?
손을 흔들며 심심하게 물었다
잔디 씨 뿌린다
그들은 모자를 벗으며 하얗게 웃었다
빤한 물음이었지만
대답해주는 그들이 고마웠다

혹 그들도
내가 손 흔들어준 거 고마워했을까?

아마
그들이 뿌린 씨는

봄이 오면 파랗게 싹이 틀 것이다
문득
자연은 늘 변치 않는구나… 생각에
뜬금없이
시간이, 사람이 따듯해졌다

다시 한번
그들을 향해 미소를 던졌다

정말… 고마워서.

불평

친구가 불평을 했다.
어제보다 오늘이 못하다고

돈도 있고
집도 크고
마누라도 건강하고
겉보기엔 멀쩡한데
그래도 왠지 삶이 그렇다고,
세상이 지겹다고 한다

왜일까
복에 겨워서일까

삶이 지겹다고?
허, 삶이 그런 거 이제 알았나

전화를 끊고
소리 없이 웃었다.

5장

어머님 전 상서上書

제대祭臺 앞에서

어둠 짙어가고
촛불처럼 시름이 탄다

손 모아 옷깃 여미고
가슴 깊이 울리는
성모님 기도祈禱 소리 들어라

하늘과 땅 사이에 퍼지는 것은
내 뉘우침의 파문
수그러진 머리를 들면
아, 귓전을 맴도는
당신 목소리

어머니 얼굴.

사모곡
– 병상일기 1

온몸에 열꽃 안고
눈을 감으니 고향이 떠오른다.

가끔
열띤 내 영혼이 육신을 떠나려 할라치면
돌아가신 엄니가 나타나
소리 소리쳐
도로 제자리에 끌어다 놓곤 한다.

고향 들녘
아름드리 정자나무 그늘에서
내게 젖을 물리던 엄니

어쩌다 못된 고뿔이라도 앓으면
아침이슬 정성 모아
탕약湯藥 달이던 엄니 손길

황량한 사막 헤매다
열병에 지쳐서야
비로소 저며 오는 엄니 사랑
설움 복받쳐
눈을 뜰 수가 없다.

그러나 지금은
엄니도 정자나무도
암 것도 내 곁에 없다.

눈을 뜨기가 두렵다.

사모곡
– 병상일기 2

어느 날 갑자기
손모가지 발모가지
오그라지고 비뚤어져
서럽게 서럽게 울었습니다.

아무도 아무도
어루만져줄 사람이 없었습니다.

불현듯
지갑 속에 간직한
당신 모습 생각나
더듬어 찾았습니다,

단정한 쪽 머리
엷은 미소 담뿍한 엄니 얼굴
너무 반가워
저절로 흐느낌이 멈추었습니다.

하지만 문득
병실 저쪽 유리창
어둠 속에 떠오른
타인 같은 내 몰골

함몰된 어깨
비틀린 입술이 너무나 부끄러워
차마
당신을 마주하기가 두렵습니다,

아가, 괜찮아!
놀란 당신의 눈길엔
마냥 안타까움 애처로움이 가득합니다.

모든 것이 비치지 않도록
눈을 감아보지만

그보다는 차라리

오래오래

눈이 떠지지 않았으면 좋겠습니다.

아아, 어머니!

사모곡
– 병상일기 3

엄니 뵌다는 기쁨에
꿈길 따라
당신 계신 곳으로 달려갑니다.
허나, 마음만 겅둥거릴 뿐
발걸음이 떨어지지 않습니다

아범아, 어미 여깄다

저만큼
신작로를 벗어난 동산 위에서
흰 모시 적삼 눈부신 당신이
정情 담뿍 미소로 손짓을 합니다.
온통
진달래 철쭉으로 뒤덮인 당신의 유택幽宅은
봄빛 향기로 가득합니다.

엄니, 나 여기야.

당신을 향해 소리치며
애써 꼼지락
굳어진 손가락 움직여 팔을 뻗어봅니다.

아아, 당신께 다가갈 수가 없습니다.

기쁨이 슬픔으로 변하고
천형天刑이 된 육신 못내 서러워
꿈길에서 벗어나 현실로 돌아옵니다.

아가! 어서 어미 손을 잡으렴
망막에 각인된
엄니의 얼굴이 수심으로 가득합니다.

아아, 보고 싶은 어머니!

사모곡
– 병상일기 4

절망의 끄트머리

깜깜 동굴의 입구에서

당신은

나에게 빛을 주셨습니다.

병든 육신이 서러워

막 내 영혼을 벗겨내려 했을 때

문득 나는

내 빈 몸뚱어리를 둘러싼

낯익은 얼굴들을 보았습니다.

어떤 이는 기도를

어떤 이는 묵상으로

어떤 이는 찬송을

또 어떤 이는 말 없이 눈물만 흘렸습니다.

그들은 모두

내 빈 껍데기를 놓고

제가끔 뭔가를 속삭이곤 하였습니다.
그러나 어느 누구도
떠나려 하는 제 영혼을 붙잡지는 않았습니다.

못난 놈이다!
딱 한 사람
내 어머니 당신만이
소리치며 막았습니다.

돌아오거라!
당신의 노한 음성에
나는
동아줄을 새로이 얽었고
그리고 꿈을 깨었습니다.

눈을 뜨니
동굴의 안쪽에서

누군가가 횃불을 밝히고 있었습니다.

당신이 보낸 당신의 천사들이
천상의 모습으로
나래를 펴고 있었습니다.

오오, 어머니!

사모별곡思母別曲

명절이 다가오면
나는 차례상에 올리기 위해
잊고 있던 어머니 영정을 꺼내
먼지를 닦는다
그런 날은
엄니는 뭐가 그리 좋은지
눈꼬리 가득 미소를 머금고
나를 바라보고 계시다

엄마, 와 웃노?
내가 혼자 싱겁게 묻는다
그냥!
엄니가 다시 웃는다
마냥, 자식이 대견한 눈빛이다

깜짝,
나는 불효막심하지만

엄니의 그 눈빛을 안다
그리고 그 눈빛은 그날도 그랬음을 기억한다

병원에서 집으로 가자며
옷을 챙기면서도
간밤의 폭음에 가슴이 쩔어
아직도 정신이 혼미해 하는 나를 바라보면서도
엄니는 그렇게 웃으셨다

왜 엄마는 자식이 밉거나 곱거나
상관없이 항상 대견해 하실까

당황해하는 나에게 업히면서 엄니가 말했다
'이제 니 왔으니 집에 가서 쉬어야겠다'

아아!
나는 그때 그 뜻을 미처 몰랐었다

엄니는 그렇게 내 등에 업힌 채
앰뷸런스를 타면서
그냥 이승을 떠나셨다

아이고, 어머니!

엄마 목소리

바람이 불면
엄마 목소리 들려요

전깃줄에 스치면
윙윙 사이렌 울리고
건널목 지나갈 땐
후익후익 호각 불어 신호하지요

비 오는 날엔
유리창 두드려 눈물 훔쳐주고
당신 돌아올 땐
잔디밭 지르밟고
사부작사부작 손짓하지요

그리움 스며드는
바람 소리
엄마 목소리.

6장

꽃씨들의 합창

손주를 바라보며

내 손주가 배우 현빈을 닮았는지
현빈이 내 손주만큼 멋진지
사람들은 잘 몰라

하지만
곱슬한 앞머리 반듯한 이마
초롱한 눈망울 오뚝한 코
멋진 입매는
현빈이 내 손주를 못 따라 오지

웃을 때 보이는
뻥 뚫린 이빨 자국
이제 금세 가지런히 돋아나
보조개 뱅긋, 살인미소로 되살아나면
엄마는 이렇게 묻지!

우리 강아지 누구 꺼?

아영이꺼!

설마 이렇게 말하면
엄마는 안 좋아하지
(* '아영'은 상업광고에 나오는 불특정 여자아이임)

우리 강아지 누구 꺼?
누군가가 다시 물으면

아빠 있을 땐 '아빠 꺼'
엄마 있을 땐 '엄마 꺼'
할머니만 있을 땐 '할머니 꺼'

우리 집 뜨락엔
하나 가득
드밝은 웃음꽃 만발하겠지!

바람이 나를 귀찮게 해요

바람이 자꾸만

내 머리카락을 흐트러뜨려요

뺨도 쓰다듬고

모가지도 간지럽혀요

손도 발도 없는 바람이

자꾸 나를 귀찮게 해요

엄마에게 물어보았어요

아마 바람 아저씨가

널 너무 예뻐하시나 보다!

바람 아저씨는

널 괴롭히는 것이 아니라

사랑의 마음으로

널 어루만지는 것이란다

엄마가 말해줬어요

아하, 그런 거군요

이제 바람 아저씨를 만나면

전해드릴 거예요

아저씨, 저도 사랑해요! 라고.

천사天使를 보았다

- 동시조 3수

창밖엔 봄바람 뜨락엔 꽃봉오리
참새들 짹 짹 짹 하늘엔 뭉게구름
방긋한 아가 얼굴에
앞니 두 개 반짝!

볼우물 곤지곤지 도리도리 잼 잼 잼
맘마 먹자 목소리에 눈 반짝 귀가 쫑긋
젖무덤 더듬어 찾는
고사리손 꼬무락

엄마가 실눈 뜨니 낮잠 깬 우리 아기
옹알옹알 뽀스락 뒤뚱뒤뚱 걸음마
마루엔 웃음꽃 만발
앞마당엔 봄 향내!

아이와 바람 님

바람 님은요
줄넘기할 땐 윙윙
나무숲 지나갈 땐
호이~ 호이
휘파람 불어주어요

비 오는 날 유리창엔
젖은 얼굴 닦아주며
똬리 지는 눈물을 훔쳐 주지요

일 나간 엄마 올 땐
신발 끄는 소리 숨결에 묻어와
내 귀가 쫑긋 서지요.

똘랑이의 춤

즐겁게 춤을 추다가~
그대로 멈춰라!

하무니 노래에 아이가 재롱을 떨다가
노랫말처럼 그대로 멈춰 섰다

하무니는 노래를 이어주지 않고
일부러 딴짓을 한다

아이는 곁의 하부지에게
답답하다는 듯 눈짓을 했다

마법을 풀어주세요!

하부지는 공주의 애원에도 모르는 척
스마트 폰에 한 장
그 모습을 멈추어 두었다.

똘랑이의 벌

손녀가 장난을 치다가
마시던 우유를 쏟았다

뭐한 거야? 장난치지 말랬지, 손들고 벌 서!
제 어미가 소리치자
아이는 금방 입을 삐죽이며
하부지에게 도움을 청했다

모른 척 눈을 돌렸다
아이가 주춤주춤 손을 들고
그 자리에서 두 손을 들었다

곁눈질로 보니
제 어미가 고개를 돌리며 슬금 웃고 있었다

스마트 폰에 한 장
다시 한번 그대로 멈추어 두었다.

* 똘랑이는 5살짜리 내 손녀다. ㅋㅋ.

'까꿍 해도 안 웃어'

제가요,

방을 많이 어지럽혀요

그때마다 엄마가 잔소리를 해요

그마안...클린 업 해야지?

그런데도 나는 그 소리가 잘 들리지 않아요

엄마가 빽~ 소리를 질러요

빨리 클린 업 안 하면 엄마 화낼 거야!

아고, 깜짝이야!

엄마 성난 얼굴에 놀라

만화 보던 오빠에게 쫓아갔어요

오빠, 엄마 화났나 봐, 어떡하지?

오빠가 잠깐 엄마를 쳐다보더니 말해주었어요

가서 까꿍 해봐! 그럼 웃을 거야!

나는 고개를 끄덕, 살금살금 엄마 곁으로 갔어요
까꿍…까꿍, 까꿍…
엄마는 본 척도 안 했어요
다시 오빠에게 돌아왔어요
오빠, 까꿍 해도 엄마가 안 웃어…어떡하지?

나는 속이 상한데
저쪽에서 우리를 바라보던 할아버지가
뭐가 신났는지 혼자서 큭큭… 웃으셨어요.

시샘

거실에서
열 살배기 내 손자가
할멈과 카드놀이를 하고 있다

곁눈으로 보니 판판이 할멈이 이기고 있다.
게임이 안 풀리는 손자의 표정이 자못 심각하다

내가 눈치를 주자
할멈이 카드 한 장을 슬쩍 흘리고
일부러 져준다

하라부지, 제가 이겼어요. 만세!
손자가 환호성을 질렀다

그래, 우리 강아지 만세다 !
우리 두 늙은이는 함께 손뼉을 쳐 주었다

그러나 나는 공연히

손자하고만 놀아주는 할멈에게

묘한 시샘을 느꼈다.

하지만

할멈이 맨날 곰국이나 끓여 놓고

훌쩍 바깥이나 나도는 것보다는

그나마 집구석에서

손주와 놀아주는 것이 마냥 고마웠다.

제Ⅱ부 시조

1장

계절산조季節散調

계절산조 5제
〈2016년 재외동포재단 시 부문 우수작〉

작가 메모 :

　- 어느 날 어이없이 천형天刑의 몸이 되어 하마나 하마나 꺼지기를 기다리며 세월을 죽였다. 어언 세월이 흐르고 언제 떠날지도 모르는 나날 속에서 그래도 나와는 상관없이 산천은 어김없이 계절 따라 그 모습이 변해갔다. 해서… 문득, 기쁘거나 슬프거나 박완서 님의 말처럼 잠시라도 내 눈에 비치는 살아 있는 그 모습들이 아까워 그때그때 맘속에 박아두자는 '꿈을 담는 사진사'가 되기로 하였다. 그래서인지 아주 조금씩 '희망'을 보긴 하지만, 어차피 그래 본들 인생이 부질없기는 마찬가지 아닐까… 헐! 재외동포재단의 문학상은 옛말의 '칠십에 능참봉'이었다. 요즘 젊은이들 말처럼 '깜놀'이었다.

1. 조춘早春

봄소식 전한다고 꽃망울 터지더니
돌연한 꽃샘 한파 꽃 무덤 생기겠네
봉오리 맺히다 멎은
나무등걸 가여워

정원 길 산책하던 한적한 저녁나절
하.부.지 부르면서 달려온 내 강아지
곧바로 보듬지 못해
안타까움 어쩌나

어느 날 천형天刑되어 바보 된 할아버지
사랑은 끝없는데 마음만 겅둥거려
봄 꽃샘 한파 닥치면
어찌할 방법이 없네!

2. 초하初夏

초록 눈 초록 입술 싱그러운 초록 얼굴

잎 새 속 감추어진 터질 듯 꽃봉오리

아기씨 입 다물어요

꽃샘바람 불겠다

꼬불한 밭두렁 길 중의(바지) 접고 걷는 새벽

서그렁 쏴아 샤아 들 바람 불어오고

밤도와 흐드러져 핀

송이송이 나팔꽃

영롱한 새벽이슬 꽃잎에 똬리 틀며

고시랑 속삭이는 은밀한 풀꽃 연어戀語

아지매, 조용히 걸어요

연인의 꿈 깨질라.

3. 중추仲秋

알곡 진 벼 이삭에 귀 열고 물어보니

여름내 초록 얼굴 어느새 황금 물결

소쿠리 새참 펼치니

풍성한 들녘일세

드높은 창공 가른 살 같은 저 소리개

이삭 문 참새 떼들 황망히 흩어지고

덜그렁~ 허수아비가

저 혼자서 춤을 춰

금빛 뜨락 양광陽光아래 도리깨질 얼쑤로다

도랑 속 자갈 밑에 숨죽인 가재 한 쌍

얘들아, 물장구 그만

맑은 물길 흐릴라.

4. 만추晩秋

늦가을 햇빛 한 줌 뜨락에 머문 오후
건듯 부는 소슬바람 난 분분 꽃 이파리
해 질 녘 신작로 따라
헤매 돌며 흩날려

산책로 갓길 따라 무리 진 풀꽃 속에
애잔히 흔들리는 코스모스 춤사위가
뜨겁던 초록 입술을
못 견디게 그리나

나뭇잎 잎 새마다 눈부신 금빛 무늬
흑발이 백발 된들 푸른 맘 변해질까
손주 놈 뒤뚱 걸음에
지난 세월 아쉬워.

5. 입동立冬

나뭇잎 맴돌아서 창가에 떨어지네.
간간한 소슬바람 빈 가슴 훑어 돌며
빛바랜 이파리들이
낙화落花 되어 흩어져

한 잎씩 쌓인 낙엽 발아래 수북하고
잎 새에 새겨졌던 한 가슴 타던 사연
지난날 푸른 꿈들이
세월 속에 묻히네

꼬불한 산책로를 휘돌아 걷는 발길
연못 속 하늘 아랜 외로운 구름 한 점
코끝의 시린 갈바람
삭풍朔風 될까 두려워.

2장

농부사절가農夫四節歌

농부사절가農夫四節歌

<연시조 5수 11편>

서序

불현듯 가슴 저려 지난 세월 돌아보니
어제 본 고향 들녘 어쩌다 상전벽해桑田碧海
속없이 흘러 가버린
봄여름 가을 겨울

산과 강 의구하나 정겨움 간데없어
그런들 어찌하랴 조강지처 내 님인 걸
벗이여, 마음 다잡고
잃은 정 찾아보세

고두 밥 누룩 가루 골고루 잘 버무려
도가지 용수 박아 술 빚어 모셨다가
개울에 달빛 담기면
벗들 불러 취하리

춘春

새벽잠 털어 내고 고샅길 돌아드니
가지런 돌담 밑엔 눈 녹는 잔돌 뿌리
질퍽한 잇몸 틈새로
풀꽃 새순 반가워

연 달래 꽃봉오리 수줍게 손 내밀어
분홍빛 고운 미소 봄 향기 숨이 차다
딸애야, 곱게 웃어라
맞선 보는 날인데

하夏

밭두렁 꼬불한 길 반바지 종아리에
간질 한 들바람이 가랑이 스며들고
두렁 가 흐드러져 핀
송이송이 나팔꽃

함초롬 새벽이슬 풀잎에 똬리 틀어
도르르 굴러가며 꽃술에 입 맞추네
여보야, 그만 웃어라
심술 할매 오실라

추秋

알곡이 주렁주렁 벼 이삭이 무거워
황금들 양광陽光아래 풍년가 얼쑤로다
입 째진 허수아재비
외다리 춤 볼만해

광주리 새참 펼치니 온 들녘이 풍성해
도랑 막은 그물질에 숨 가쁜 피라미들
애들아 그만 좀 해라
피라미도 좀 살자

동冬

해 질 녘 동구 바깥 동冬장군 소식 듣고
어느새 나도 몰래 외투에 깃 세우니
차 떠난 신작로 위로 동지
한파寒波 불어와

북풍 찬 동네 어귀 헐벗은 과수果樹 한 쌍
쇳소리 칼바람에 굳어버린 옛이야기
벗이여, 문풍지 잇고
화로에 불 지피세.

3장

풍객일기風客日記

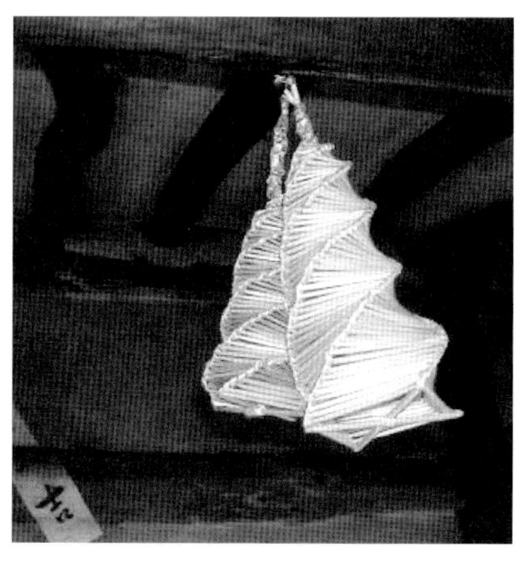

가을 연가戀歌

지난날 뜨거움이 나래 짓 접었다네
흘러간 한 시절이 그리도 노여웠소
품었던 한 맺힘일랑
그렇게 풀어지니

산책길 여울 가로 맴도는 낙엽 한 잎
초록 꿈 앗겨 버린 빛바랜 연서戀書였네
외로운 이 몸 같아서
물결 따라 떠도나

서쪽 하늘 구름 속의 조각달 저 그림자
지난 밤 불살랐던 정념情炎의 흔적인가
지워도 잊히지 않는
얼룩진 꿈일 레라.

〈홍원화 작곡, 바리톤 장철웅 노래 가곡으로 유튜브 상재〉

가을밤

호롱에 심지 돋우니 시름이 타오른다
동창東窓 밖 미리 내에 베어 물린 새벽 쪽 달
꾸르 꾹 밤새 소리가
긴긴 밤 지새우네

툇마루 도둑괭이 숨죽여 기다린다
살강 위 양상군자梁上君子 눈치 없이 살강대
육간대청 너른 마루에
정적靜寂이 부서지네

설움 깃든 장지문에 일렁이는 꽃 이파리
얄궂은 외로움이 먹물처럼 스민다
가녀릴 손 코스모스가
내 영혼을 흔드네.

귀향歸鄕

잃었던 반백 년을 눈감고 돌아보니
안개 속 고향 들길 방금 닿은 손끝인 양
알전구 불빛 아래서
그림자 진 야윈 모습

마을 고샅 돌담 가로 파릇한 풀꽃 송이
영롱한 아침이슬 호박잎에 똬리 틀고
새순 따는 엄니 손등에
현란한 아침 햇살

술 익는 도가지에 용수 밖아 거른 청주淸酒
달빛 먹은 솔 이파리 곱게 빻아 한데 풀어
오래된 벗들 오라 해
이바구* 꽃 피워보세.

* 이바구: 경상도 방언

그리운 길손

불현듯 가슴 저려 지난 세월 돌아보니
봄여름 가을 겨울 속절없이 흘러갔네
그리운 청정 시선詩仙은
어느 도량道場 헤매일까

석양 진 일주문一柱門 밖 홀연 왔던 그 길손이
서 화담 황진이와 동지 긴 밤 지새우며
한 곡차穀茶 입맛 다심이
북소리라 하였거늘

야삼경夜三更 향촉香燭 밝혀 백팔합장 드리온들
그런들 몽매蒙昧 중생 깊은 뜻 어찌 알까
언제라 가신 님 모셔
허리 매듭 끌러보나

〈스승 조지훈 님을 그리며〉

풍객風客 일기

근根 없던 방랑세월 찰나의 반세기라
광야廣野에 내칠 때는 숨죽여 기다렸고
풍곡風谷에 이르던 날엔
사즉생死卽生 몸 던지다

천형天刑의 죄업인가 어느 날 북풍 맞아
한숨이 짚동 되어 가슴 속 회한懷恨 되고
어즈버 볕들 날 되려니
한 순간 남가일몽南柯一夢

한限 깃든 창호 문짝 얼룩의 상傷진 흔적
외로움 별빛 되어 먹물로 스며들고
갈 숲에 뜬 슬픈 영혼이
물결 되어 흔들려.

4장

사모곡思母曲

사모곡思母曲

<연시조 4수 . 정형평시조 12수>

작가 메모 :

누군들 다를까마는, 우리들 어머니 모습은 늘 가슴속에 젖어있는 영원한 달빛이다. 내게는 떠나신 지 30여 년, 스산한 동짓달이 되면 유난히 떠오르는 엄니의 모습이다. 30여 년 전 그 해 영면永眠하시고 고향에서 장례를 치르며, 그리고 1년 후 소상제小祥祭를 끝내면서 언젠가는 꼭 그날의 슬픔과 애틋함을 글 속에 담아 봉헌해 드리겠다고 다짐을 했었다. 그러나 세상일에 매달리다 보니 그만 엄니를 잊어버렸고, 아차 지금에서야 기억을 더듬는 불효 자식의 슬픈 사모곡思母曲은 너무나 황망하다. 몇 날을 끼적이며 옛일을 더듬어 나름 봉헌사奉獻詞를 만들었지만, 이제 아무도 봐줄 사람이 없었다. 부끄럽긴 하지만, 이에 감히 세상에 내어놓고 이 헌사獻詞를 모든 어머니를 위한 가사歌辭로써 사람들에게 알리고 싶은 마음이다. *

1. 별리別離

갈매 산 구릉 너머 울 엄니 떠나시네
상두꾼 요령 따라 꽃가마 굼실굼실
북망산北邙山 가는 길목이
여한餘恨으로 얼룩져

먼저 간 지아비는 마중이나 하시려나
다시는 안 볼 듯한 고집 통 영감인데
산 정情이 더럽다 보니
그리움도 가없어

저승길 천문天門 앞에 삼베포의布衣 죄인 되어
향촉 피워 엄니 모셔 재배로 고告합니다
도솔천 건너서 돌아
미륵정토彌勒淨土 임하소서.

2. 송혼送魂

가신 정 잊지 못해 눈 감아 합장하니

대웅전 향내 타고 엄니 혼백 떠나신다

유품함遺品函 낡은 방석은

삼천 배拜 흔적일레

가없이 깊은 모정母情 가슴 찢는 서러움에

위패 속 어머니가 꾸짖어 깨우친다

못난 놈, 정신 돌려라

조상님 어찌 볼래

초추初秋 시린 바람 솔가지에 머문 아침

몽환夢幻의 새벽안개 도량道場에 젖어 들고

산문山門 밖 돌아가는 길

다시 본 듯 새로워.

– 사구재四九齋

3. 재회再會

당신 님 떠나신 날 먹墨 없이 써 내려간

현비유인顯妣孺人 모본모씨某本某氏 펜글씨 지방紙榜 한 줄

찬물로 한限을 씻어도

슬픔은 봇물 되고

술 한 잔 실과實果 몇 알 법도法度 잃은 상床차림

등燈 밝혀 향 피우고 부복仆伏해 고告하온들

불효자 독축讀祝 초혼에

가신 님 다시 올까

처연한 달빛 사이 갈바람 불어와서

동백冬柏 향 엄마 냄새 서러움 더해지고

무너져 내린 가슴엔

촛농만 똬리 지네.

– 소상제小祥祭

4. 추모追慕

찌들 린 육신사지肉身四肢 옷 속에 구겨 넣고
눈감아 꿈길 따라 선산 유택幽宅 가는 길목
잔디 벗긴 당신 모습은
회한悔恨과 참회거늘

산사山寺에 향촉香燭 밝혀 백팔합장 드려본들
몽매蒙昧한 중생이라 당신 은혜 갚아질까
비로소 가슴 저미는
엄니 약손 그리워라

퇴색한 와옥瓦屋 찾아 반백 년 돌아봤다
한限 서린 창호 문짝 얼룩진 상흔傷痕이여!
대 숲에 뜬 엄니 영혼이
물결 되어 흔들려.

- 시제時祭

5장

유방백세遺芳百世
– 선현先賢의 뜨락에서

〈서포西浦 금만중金萬重 유배기流配記〉

'노자니 할배' 전설
– 능라해엽綾羅海峽
  일점선도一點仙島 화전花田에서 '서포西浦'를 만나다

* '노자니 할배' 전설(연시조 7首 14편) :
조선 숙종 조 '서포西浦' 김만중의 바다 유배 길 일대기를 연시
조로 만들어 보았다. 과거 정치범들의 먼 바닷길 유배지는 바로
무덤이었다. 하지만, 그분들이 거친 바다 유배지를 이겨내었다.
등대 같은 굳은 의지와 희망에의 열정은 우리 선현先賢들의 유
배문학에서 역사적 증표가 될 것으로 여겼기 때문이다.

1. 유배流配의 길

어느 날 버림받아 일엽편주―葉片舟 몸을 싣고

눈 감아 닿은 곳이 일점선도―點仙島 화전花田이라

한限 깃든 상상진 흔적만

돛폭 위에 얼룩져

노도櫓島에 짐을 풀고 눈 돌려 바라보니

만萬이랑 쪽빛 바다 먼 하늘에 닿아있고

점점點點한 돛단배들은

몽환夢幻의 선도仙島였네.

2. 위리안치圍籬安置

서러움 묻어두고 오솔길 돌아드니
가극加棘의 가시 울이 초가삼간 둘렀건만
그나마 청정淸淨 새 암은
삼백 년 변함없어

때 묻은 툇마루를 한숨으로 닦아내고
돗자리 먼지 털어 묵필墨筆 봇짐 매듭 푸니
영창 밖 편백扁柏 숲속의
산새 울음 서글퍼.

3. 사군충심思君忠心

지난날 풍진風塵 세월 돌이켜 더듬은들
멀어진 그분 모습 언제나 뵈어질까
그래도 북향삼배北向三拜는
임 그리는 일편단심一片丹心

영창 밖 미리 내에 노櫓 걸린 하현 쪽 달
호롱에 심지 돋자 시름이 타오른다
두견새 울음소리에
짚 동 한숨 깊어져.

4. 사모지정思母之情

어머니 떠나신 날 정성 깃든 제상祭床 보아
예禮로써 재배再拜하고 독축讀祝으로 초혼招魂하니
구운몽九雲夢 읽어드리면
당신 모습 뵈오려나

정갈하신 엄니 모습 술잔 위에 어리고
구천九泉의 엄니 혼백 그림자로 제 오시네
담장 위 가시 울타리
찔리실까 저어돼.

5. 소설 『사씨남정기』 탈고

초옥草屋에 호롱 밝혀 지필묵紙筆墨 펼쳐내어

사씨謝氏와 교씨喬氏 갈등 알알이 엮어내니

밤 지난 하현 달빛이

부옇게 스러지네

질시와 계략으로 인륜이 부서짐은

인간사 대소 갈등 고금의 화근禍根이라

임께서 뉘우치신 들

때늦은 후회였네.

6. 그리울 손 청정문우清靜文友

한양 성城 청계 변에 돗자리 펼쳐놓고

주과포酒果脯 상床차림에 고금현인古今賢人 벗을 삼던

그립다 청정문우清靜文友가

걸음걸음 떠올라

보리암菩提庵 백팔 계단 안개 속에 아련하고

신 새벽 도량석道場釋에 합장合掌으로 달래 봐도

그 날의 곡차穀茶 일 배盃가

저미도록 그립네.

7. '노자니 할배' 전설

그 시절 도동島童들이 당신 두고 일컫기를
노자니 할배라고 우스개 하였더라
듣자니 그 뜻인 것은
놀고먹는 할배였네

외로운 섬 생활에 아그들 없었다면
바닷새 벗 삼은 들 무슨 낙樂 있었으랴
초막草幕을 서당 삼아서
인륜 도리 일깨워.

민초民草를 위한 서시序詩

- 홍의紅衣장군 예연서원禮淵書院의 뜨락에서

* 나라가 하何 수상愁傷하다. 마치 우리 선현들의 옛 시절 임란壬亂과 호란胡亂을 맞아 당시 민초들이 얼마나 고통을 당했는지… 역사를 보며 가슴을 쳤다.

어쩐 일인가. 이제 또 그와 비슷한 환란이 눈앞에 다가오는 느낌이다. 허나, 언제나 민초民草는 풀꽃처럼 다시 일어난다. 이를 악물고 때를 기다리는 마음으로 홍의장군 곽재우 같은 인물을 기대하며 한 줄 마음을 가다듬었다.

1. 민초民草여 일어나라

읽던 책 잠시 덮고 요대腰帶에 검劍을 찼다
홍전포紅戰袍 펄럭이며 호령하여 가로되
나라가 위급하구나
민초民草여 떨쳐서라

드넓은 타작마당 북소리 가득하다
갓 벗고 전립戰笠 쓰니 죽창竹槍도 날카롭다
뒷산의 대나무 숲이
함성으로 진동해.

2. 충의단심忠義丹心

임금께 바른 소리 강골強骨 차던 그 모습

향리에 몸담은 들 충의단심忠義丹心 어디 가랴

사직社稷이 풍전등화風前燈火다

내 한목숨 아끼리

백성을 지켜내야 내 나라가 사느니

인명구휼救恤 향리鄕里 보존 만인의 귀감 되고

민초들 지킴이 되어

구국의 등불 되다.

3. 난세의 승전고勝戰鼓

왜적이 침략하자 혼 빠진 수령방백守令方伯
사색四色 당 나라꼴은 송두리째 흔들리고
어쩌나, 그대로 두면
금수강산 절딴 나

정암진 승첩勝捷으로 경상 전라 막아내고
낙동강 뱃길에서 왜 선단倭船團 쳐부수다
나보다 나라가 먼저
견위수명見危授命 표상이네.

4. '곽쥐'장군 제 오신다

꿀벌로 기습하고 벌통은 화약고라

유격전 위장전술 손자孫子가 따로 없어

신출귀몰 허허실실에

혼비백산 왜적들

곶감보다 무서웠던 전설의 곽쥐 장군

용맹은 범을 닮고 지략은 제갈諸葛이라

타고난 충심보국忠心保國은

양반兩班의 의무였네.

양반兩班의 의무 : 한국적 노블레스 오블리주

5. 오백 년 일심충절一心忠節

일곱 년 전란戰亂 끝에 민생은 굶주리고

삼천 리 옥답가옥 초토화되었건만

솔선率先의 창의倡義 정신이

민초를 움직였다

문무를 겸비하고 수범垂範의 위국헌신衛國獻身

가슴 속 일심충절一心忠節 오백 년 변함없어

고즈넉 예연서원禮淵書院엔

님의 숨결 가득해.

유방백세遺芳百世
– 광복 70년을 돌아본다

1

나의 이름은 대한민국입니다.
500년을 '조선'으로 불리며 살다가
잠깐 '대한제국'으로 개명을 했습니다만,
어느 날, 어이없게 일본이란 날강도를 만나 그나마 내
이름을 빼앗기고 36년 동안을 온갖 핍박 속에서 시달리
며 '조센징'으로 살았습니다
허나, 70년 전 1945년 8월 15일
하느님의 보우와 수많은 선열의 피와 땀을 바탕으로
우리는 '대·한·민·국'이란 아름다운 이름으로 이 땅에
다시 한번 태어났습니다.

2

하지만 불행히도 우리의 신생아는 순산이 되지 못하였
습니다
산파들의 얄궂은 장난으로
대·한·민·국은 온전한 모습으로 몸을 풀지 못하였습니다
더하여 6·25 동족상잔의 비극으로
수많은 동포가 목숨을 잃었습니다

통곡을 하고 땅을 쳤지만
하느님과 선조들께서는 이는 '너희의 업業이니라' 하셨고
저희더러 좀 더 시간을 두고 보석補贖을 받으라고 하였습
니다
기가 막힐 일이었지만
우리는 어쩔 수 없이 순종할 수밖에 없었습니다.

3
그렇게 우리는
지난 70년 동안 '업의 되갚음'을 가슴 깊이 받아들이며
허리를 졸라매고 살았습니다.
500년을 힘들게 했던 '보릿고개'를 스스로의 힘으로 이겨
내었고 세계를 놀라게 하는 경제 부흥도 이제 제법 자리
를 잡았습니다
또한, 어렵게 어렵게 '민주화'란 숙원도 이룩하였고
이를 굳건히 지키기 위해 '방종의 자유'보다는 '절제의 자
유'를 이루도록 지금도 수많은 노력을 기울이고 있습니다
그리고 세계 곳곳으로 팔을 뻗으며 방방곡곡 태극기를
꽂았습니다.

4
그랬습니다.
우리는 지난 70여 년을 숨 가쁘게 달려와
이제 세계 곳곳마다
모든 국민이 자유민주의 숨결을 함께 누릴 수 있는

'한류'라는 문화의 광장까지 마련하였습니다만,
딱 한 가지,
잘려진 북쪽 허리만은 아직 잇지를 못하였습니다
천추의 한으로 남아있지만,
그러나 우리는 동강 난 허리를 잇는데 결코 포기하지 않
을 것입니다.

비록 북쪽의 폭력집단들이 우리를 위협하더라도
우리는 겁먹지 않을 것이며
그리고 머지않은 앞날에
하느님 군병軍兵들의 칼날이 그들을 굴복시킬 때까지
우리는 조금도 방심하지 않을 것입니다.

5

오늘의 하늘은 유난히 청명합니다
이 빛나는 날의 꽃 잔치에
우리 겨레의 신명 난 '끼'들을 한껏 발산하십시오!
그리고
앞으로 다가올 새로운 해방 100주년에는
우리 남북의 한겨레들이 한데 얼려 춤추는
통합된 대한민국의 이름으로
그 향기가 영원하게 이어지기를 충심으로 기원합니다.

마음이 가고,
마음과 가까운 것을 위하여

윤 석 산 (시인, 한양대 명예교수)

어머니, 고향, 고국 이 셋은 본질적으로 같은 코드이다. 어머니가 고향이고 또 고국이 아니겠는가. 이 동질의 세 코드를 그 누구나 마음으로 인정을 하고는 있지만, 그러나 그 누구나 모두 절실하게 절감하지는 못한다. 진정으로 절실히 절감을 할 수 있는 사람은 고국을 떠나, 고향을 떠나 살면서 그 근원에 대한 그리움을 지닌 사람, 그러므로 자신도 모르게 떠오르는 어머니를 가슴에 묻고 살고 있는 그러한 사람이 아니면 그 절절함의 강도가 그리 높지는 않을 것이다.

소설가 손용상 님은 바로 이러한 분이다. 중년에 고국을 떠나, 그래서 이제는 가고 싶은 고향을 가슴으로 절절히 그리워하는 사람. 그래서 소설가인 손용상 님이 본업 이외에 펴고자 하는 시집을 읽어보면, 이 세 낱말이 지닌 절절함이

그대로 드러나고 있다. 고향에 대한 추억과 어머니에 대한
그리움, 그리고 고국에 대한 절절함을 우리 선조들의 소중
한 삶으로 전환시킨 모습 등이 이러함을 그대로 드러내고
있다. 고향, 고국, 어머니는 진실로 우리가 본원적으로 마음
이 가는 그러한 것이 아니겠는가. 따라서 이번 시집은 우리
의 마음이 가고, 또 마음이 가장 가까이 있는 것에 대한 노
래가 아닌가 생각이 된다.

다음의 시들이 바로 이와 같은 손용상 님의 마음을 잘 드
러내주고 있다.

밤이 더 깊어
창밖 어둠이 거울로 변하면
별처럼 꿈처럼 떠오르는
아지매 아재비 얼굴들
고향 집 큰 마루에선
날 부르는 어머니 목소리
아그야, 어여 와 저녁 묵어라~

나는 붓을 던지고
그날의 해거름 들녘이 그리워
문득
뜨거워진 눈시울을 훔친다.

—「망향」의 부분

　손용상 님은 나의 고등학교, 그것도 문예반 선배이다. 우리는 당대 최고의 서예가인 일중 一中 김충현金忠顯 선생의 제자題字와 함께 '상단지봉上段至峰 망하학해望下學海' – 즉 '위로는 높은 이상의 봉우리에 이르고 아래로는 드넓은 배움의 바다를 바라본다'는, 다소 현학적인 해제를 지닌 '상단上段'이라는 이름의 문학의 밤을 가을이면 개최를 하여 서울 장안의 문학소년 소녀들 가슴을 설레게 하던 문예반의 선.후배이다. '학해學海'는 당시 우리 학교 교지의 표제이기도 했다. 그러나 실은 우리는 자주 만나지를 못했다. 고교를 졸업한 이후 서로 다른 대학에서 공부를 했고, 또 나이가 되어 각기 군대를 갔기 때문이기도 했다.

　내가 군에 입대를 하여 논산과 금마에서 신병훈련을 마치고 새까만 이등병이 되어, 당시 서울 구로동에 있던 206 보충대에 배속되었을 때이다. 이곳에서 우리는 자대自隊로 가기 위하여 하루나 이틀 정도를 대기병으로 머물러야 했다. 첫날을 보내고 낯선 막사에서 막 잠에 깨어나 세수를 하려고 하는데, 기간병이 한 사람 대기병 막사로 들어오더니 "너 이리 와" 하며 잡아가는 것이 아닌가. '너'의 대상이 그때 바로 '나'였었다. 그래서 그 기간병에게 끌려 나는 그 기간병이 일하는 사무실 아침 청소를 하러 가게 되었다. 끌려가며 명찰을 보니 '손용상'이라고 되어 있는 것이 아닌가. 처음에는 군복을 입어 잘 알아보지를 못했는데, 바로 문예반 선배 손용상 일병에게 끌려가 청소를 하게 됨을 알게 되

었다. 그래서 "형! 나 윤석산인데." 하니, 손 선배가 "아니 하
필이면 네가 잡혀 왔어!" 하면서 사무실 청소도 본인이 다
하고, 청소가 끝난 뒤에는 면회자들이 와서 사 먹는 구내
민간식당으로 데리고 가서는 해장국도 한 그릇 사주어, 나
는 실로 훈련소 배치 이후 몇 개월 만에 처음으로 민간 음
식, 일컫는바 '사제음식'을 먹을 수가 있었다. 이렇듯 우리
는 극적으로 만났지만, 그 이후 문예반 동문 모임에서나 간
간히 만나곤 했다.

손 선배는 고교를 졸업 후 대학 재학 중 일간지 신춘문예
에 소설이 당선되어 활동을 했다. 그 이후 잠시간의 잡지사
기자 생활을 거쳐 큰 회사의 중역으로 일을 하는 것만 알고
있었는데, 어느덧 미국으로 가서 인생의 두 번째 삶을 살고
있음을 불과 몇 년 전에야 알게 되었다. 건강이 좋지 않다
는 소식을 듣기도 했지만, 새로운 열정으로 소설을 쓰고 또
시를 쓰는 모습이 멀리서 보아도 참으로 보기가 좋았다. 이
러한 손 선배의 초청으로 나는 손 선배가 살고 있는 달라스
를 방문할 수가 있었고, 그곳에서 재미 문인들과도 만나 문
학 이야기를 할 기회도 갖기도 했다.

그런 손용상 선배가 그간에 쓴 시 작품들을 묶어 두 번째
의 운문집韻文集을 상재上梓하고자 한다며 서문을 부탁했
다. 이에 감히 손 선배가 쓴 작품들을 읽어보며, 이제 나이
가 일흔이 넘어 소중한 것이 무엇인가를 이 작품들은 묵언

으로 말해주고 있음을 발견할 수 있었다.

사실 손 선배의 시와 시조들은 이미 대부분 여러 경로를 통해 검증된 것이기 때문에 작품에 대해 뭔가 별도로 언급할 필요가 없을 것이다. 다만 작품들 속에 숨 쉬고 있는, 곁에서 나날이 자라가는 손주들 이야기 그리고 우리 모두의 본향이며 그래서 늘 그리운 어머니에 대한 그리움, 자신을 가르친 스승에의 생각, 계절의 순환과 함께 하루하루 맞이하는 절기에의 감회, 계절이 지닌 새로운 느낌과 생각, 나아가 미국에서 살면서 다녔던 여행지에 관한 생각 등을 동료의 입장에서 객관적으로 진솔하게 느낄 수가 있었다.

시집의 상반부는 자유시의 형식을 띤 작품들이고, 특히 하반부는 정형 연시조의 형식을 갖추고 있으므로 시조가 지닌 절제의 미를 잘 살리고 있음을 볼 수가 있었다. 전체적으로 시조는 종장의 처리를 통해 초장과 중장에서 전개해 온 시상을 한번 전환하고, 전환을 통해 새로운 국면을 제시함으로써 작품을 마무리하는, 울림이 깊은 시적 성취도를 엿볼 수가 있었다.

나는 손 선배의 이러한 작품들을 읽으면서, 역시 우리 삶에서 소중한 것은 다름 아닌 우리 곁에서 우리와 '함께 살고 있는 무엇'들이라는 사실을 새삼 느낄 수가 있었다. 특히 나이가 들어가면서 그 소중함의 진정성을 더욱 실감하고 있는 듯하다. 아래와 같은 시들이 이러함을 말해주고 있다.

> 혼魂이 육신肉身을 떠나면
> 저승 촌村 내 삽짝 문은 늘 열어 놓을 것이다
> 이제 오갈 데는 여기가 될 터이니까.
>
> 일 년에 몇 번 아이들이 와주면
> 아내와 함께 나는 얼마나 반가울까
>
> 딸애가 혹 몸이라도 야위었다면
> 나는 아이의 뺨을 살금 한 번 쓰다듬어 볼 것이고
> 또 손주들에겐 한번 안아 보자고 속삭이며
> 제 어미 몰래
> 칭얼대는 손주 녀석들 고사리손 꼭 잡아
> 소곤소곤 옛이야기도 들려줄 것이다

– 「둥지」의 부분

삶이 다하여 혼이 육신을 떠났어도, 저승 촌의 문을 살짝 열어놓고 아이들, 아내, 그리고 그리운 손주들을 보고 싶어 하는 그 마음이 이렇듯 절절히 노래되고 있다.

이번 먼 이국에서 새로운 삶을 살고 있는 손용상 선배의 두 번째 운문韻文집을 읽으며 삶의 소중함을 다시 한 번 되새기는 시간이 되었다. 한 생애를 살아가며 지난 시절에 대

한 절절한 참회와 이를 통해 새롭게 도달하는 삶에의 모습
은 참으로 값진 것이 된다. 손용상 님의 시에서는 바로 이
와 같은 모습들이 발견된다. 다음의 작품이 이러한 한 예라
고 할 수가 있다.

가을 속에서
실과實果가 익어가고
가을 속으로
영글었다 사라지는 것들을 본다

어제와 오늘의 일상에서
혼자 사는 것과
더불어 산다는 것을
생각해 본다

찡그리기보다는
좀 더 자주
그리고 좀 더 많이
웃음을 베풀지 못한 것을 후회한다

내가 한때
그 자리에서 살았음으로써
단 한 사람의 이웃에게라도
밝은 미소에 인색했던 것이
비로소 이제

가을이 끝나갈 즈음에야
아픔으로 다가온다.

–「더불어 산다는 것」의 전문

　시라는 것이 다름 아닌 자신에의 진솔한 고백이다. 자신에의 진실한 고백을 통한 자신에의 성찰, 그리고 내밀한 삶을 언어로 드러내는 방식이 바로 시라면, 위의 작품들이 바로 그와 같은 모습이 아닐까 생각을 한다.

　이번의 시집은 매우 다양하다. 시, 그리고 동시에서부터 시조까지 다양한 운문의 장르를 담고 있다. 그렇듯 다양한 운문에의 시도를 손용상 님은 시도하고 있다는 증거이기도 하다. 나아가 이와 같은 시도는 다름 아닌 문학에의 열정을 말해주는 그 척도이기도 하다. 다양한 시도를 통해 자신에의 문학 열도를 펼치고 있다고 여겨지기 때문이다.

창밖엔 봄바람 뜨락엔 꽃봉오리
참새들 짹 짹 짹 하늘엔 뭉게구름
방긋한 아가 얼굴에
앞니 두 개 반짝!

볼우물 곤지곤지 도리도리 잼 잼 잼
맘마 먹자 목소리에 눈 반짝 귀가 쫑긋
젖무덤 더듬어 찾는

고사리손 꼬무락

엄마가 실눈 뜨니 낮잠 깬 우리 아기
옹알옹알 뽀스락 뒤뚱뒤뚱 걸음마
마루엔 웃음꽃 만발
앞마당엔 봄 향내!

– 「천사天使를 보았다」의 전문

서러움 묻어두고 오솔길 돌아드니
가극加棘의 가시 울이 초가삼간 둘렀건만
그나마 청정淸淨 새 암은
삼백 년 변함없어

때 묻은 툇마루를 한숨으로 닦아내고
돗자리 먼지 털어 묵필墨筆 봇짐 매듭 푸니
영창 밖 편백扁柏 숲속의
산새 울음 서글퍼.

– 「김만중 유배기 중 위리안치圍籬安置」의 전문

위의 두 작품 중 앞의 것은 동시이다. 봄 뜨락과 그 뜨락
에 피는 꽃, 날아다니는 온갖 새들, 그리고 그 속의 어린아

이, 아니 어린아이의 천진한 마음이 그대로 살아나고 있는 작품이다. 어린아이가 진정 되어야 만이 쓸 수 있는 동시가 아닌가 생각이 된다.

그 다음의 작품은 시조이다. 서포 김만중이 남해라는 섬, 그 섬 안에 있는 또 하나의 섬인 노도에 유배를 간 역사적 사실을 쓴 시조이다. '위리안치圍籬安置', 유배를 당한 사람들 중에서도 중형에 해당되는 가시나무 울타리가 쳐진 집 안에만 살아야 하는 형극의 삶을 김만중은 보내야만 했다.

이러한 김만중의 심정이 되어 쓴 시조가 바로 위의 시조이다. 몇 백 년 전, 정치적 암투 끝에 유배를 당하고 이내 그곳에서 한 생애를 살아간 한 선비, 한 문인을 그리는 손용상 님의 시조에서 자꾸 손용상 님의 모습이 오버 랩 되고 있는 것은 어떤 까닭일까. 먼 미국이라는 이국에서 위리안치가 된 듯한 삶을 살고 있는 것은 아닐까, 하는 마음이 자꾸 들어 예사롭게 읽게 되지를 않는 시조 작품이기도 하다.

노년에 들어가는 '새로운 삶'을 문학과 함께 마음껏 펼쳐가기를 마음으로 빌며 책의 말미에 서투른 후배의 글로 축하를 드린다. 앞으로 더욱 건강하시어 더 많은 더 멋진 문학에의 길을 가시기를 기원 하면서…

2018년 2월
남양우거南陽寓居에서 윤석산 심고心告